JN184702

文學の森 二〇〇句精選シリーズ

句集

春の泥

藤冨万亀子
尾家　國昭

文學の森

序

著者の尾家國昭さんとの最初の出会いは、平成二十三年五月「花筐」の吟行句会で京都の錦市場に行った折であったと思う。がっちりとした体格で謙虚な人であった。控え目でありながら物事への対応は正確であり、積極的であった。俳句はすでに始められていたようだが、その支えと援助は母親の藤冨万亀子さんであった。

影が先握手しに来る西日かな　國昭

老若の議論の果てや春の泥　國昭

藤冨万亀子さんが「花筐」と関わり始められたのは、主宰であった、故・日原大彦先生を通じてであった。大彦先生は一方で、退職者大阪市教職員互助組合俳句部会も指導しておられ、万亀子さんはそこに所属しておられた。その部会報が「花筐」誌にも紹介されていた。平成二年以降である。その後大彦先生が亡くなられ、日原輝子先生が主宰を引き継がれたあと「花筐」に参加され、同人ともなって活躍された。現在お歳は九十二歳、今なお作句への活動と意欲は衰えてはいない。

緑蔭や母子の笑顔相似形　　万亀子

幼子と同じ歩幅や春の泥　　万亀子

お二人は手をたずさえ議論を交わしながら、目の前の自然を眺め、そこに織りなす人間模様を見つめて、そこから自己の感動や想いを的確に五・七・五に抜き取って詠みあげておられる。それらの一部がこの句集である。

目を細む猿の湯治や梅雨に入る　　万亀子

大輪のバラに欲しきや傘一つ　　万亀子

夏の月宛名の二字の濡れており　國昭
声かける秋の簾の裏にいて　國昭

お二人は追究の手を弛めず「花筐」や現代俳句協会のみならず「頂点」や「赤楊の木」にも参画して、その活動の場を拡げようとしておられる。それらの経緯と努力に敬意を表するとともに、ご健勝とご発展をお祈りする次第である。

＊「花筐」主宰・日原輝子先生が、ここ二年、疾患にて交信もままならぬとのことで、代わりに書かせていただきました。

平成二十八年十一月

「花筐」副主宰　吉川千丘

句集　春の泥／目次

句集
春の泥

母から子へ、子から母へ――

幼子と同じ歩幅や春の泥

藤冨万亀子

老若の議論の果てや春の泥

尾家　國昭

藤富万亀子

緑青の色濃き鐘や春を告ぐ

暮れかねる道にほんのり花明り

結願の読経のこだま山笑う

朧夜や語らい尽きぬ国訛り

連翹の薄暗がりに光りけり

目を細む猿の湯治や梅雨に入る

空蟬をそっと子の掌に乗せてやり

真夏日や別れの雨の一雫

独り寝に風の余りて明け易し

秋立てり測る体温変りなし

コスモスの揺れて旅路の終着地
一つして一つ忘れる秋の暮

水の面の枯葉の舞に鯉群るる

寒の月仰ぎつ登る塔高し

山火事の跡に残りし斑雪

ふる里や徒然にして青き踏む

菜の花や過疎の田園賑わしぬ

蔵の立つ古き軒先薄紅梅

ものの芽を思案の顔が囲みおり

緑蔭や母子の笑顔相似形

朝もやの中の四阿水芭蕉

うつし世にいで湯の地獄青嵐

剪定の手元狂えり夏の蝶

山門の仁王の肩に若葉風

願掛けに二度賽銭の今朝の秋

親と子の語らい深き花野かな

秋霖に地蔵の眼潤いぬ

極寒に声の震える佛間かな

贈られし手鏡のなか寒椿

寒紅を濃く塗り直し厄払う

オーデコロンの香りを試す老いの春

春水や静より動と池の鯉

春の昼独り呆けしこくりかな

春泥を跳び損ねたる媼かな

緑濃き山の向うや凪の海
木下闇出づれば滝のごうごうと

初浴衣下駄のリズムの軽きかな

炎昼や会釈の人の名の出でず

白樺の林過ぎればあおい海
秋の雲自由自在に山を駆け

道の端に色を残せり秋桜
語らいの半ばを釣瓶落しかな

人日や十年へだてたる電話

寒月や夜道を影とふたり連れ

凍て水に指先だけの神詣

久方の友の雄弁日脚伸ぶ

春一番日本列島揺れに揺れ
晴れ渡る野原一面うまごやし

無駄に脳使い果たして春暮るる

流れ来る木の葉と遊ぶ水馬

木漏れ日の青葉若葉を行き戻る
ジャスミンの香充満の部屋に坐す

夏萩を愛でて八十路は安らけし
かしましき蟬の声楽終演に

枝折戸を色なき風の吹きぬけり

コスモスの揺らぐままにまに顔と顔

秋深し静寂に響く水琴窟

御手洗や杓の談義に雪の舞う

極寒や首をすくめて亀となる

張り替えし障子に雲の影法師

日脚伸ぶ言の葉多き友がきと

故郷や土筆摘みつつ墓参り

茶柱の立つ嬉しさや春の昼

盆栽の梅に小粒の実の五つ

ほてる身へ奴豆腐の滑り入る

脳細胞衰えたるかいと暑し

紫陽花の色の移ろう朝かな
実紫雨滴に色を増しいたり

蟷螂の怒りの斧も力無く

黄昏や旅の終りに尾花揺れ

かなかなに誘われ行く墓参り
秋草の名を問う人と膝を折り

木枯しに十二単となりいたる

初詣杖と子等との八十路かな

腰痛の日課となりし冬の道

草も木も一網打尽春嵐

幼子と同じ歩幅や春の泥

老いるとは妣の懐かしおぼろ月

車椅子桜さくらに酔いしれる
大輪のバラに欲しきや傘一つ

捨てる拾う決断鈍き更衣

硝子戸に七面相の守宮かな

川の辺に色移ろいし七変化

真夏日や会釈する傘ぶつかりぬ

定めなく空を走るや秋の雲

竹林のライトアップや暮早し

年新た感謝の二文字一筋に

霜柱ざくざくざくと靴軽し

ほつほつと考の記憶やつつじ咲く

口遊む早春賦かなシーツ干す

啓蟄や媼もそろり穴を出づ

わが生命ますます盛ん蔦若葉

木下闇ひと呼吸して抜けにけり

青嵐受けて走るや車椅子

時の日や電子時計のアベマリア

蜻蛉に足の弱さを見透かされ

籠る日々世間の風の身に沁みて
秋簾役目終えしも未だなお

ありがとう百万回の柚子湯なる

補聴器の音さやかなり冬日向

尾家國昭

誰も来ぬひな祭りかな里の駅

春雨が作る輪模様手水鉢

終電車ホーム斜めに桜東風

さやさやと葉擦れの中に夏の雲

水替えて氷を一つ金魚鉢

籐椅子の廊下にありて母一人

影が先握手しに来る西日かな

秋日和やさしい声の老夫婦

ネクタイの長さピッタリ秋に入る

何処までも続く石段鰯雲

音もなく一葉流るる秋深し

とびきりを栞にしたき紅葉狩

そんなには煩悩のなし除夜の鐘

星の矢が森を突き刺す寒夜かな

湯気の中音と声とが餅を搗く

言葉まで穏やかなりぬ春の昼

しばらくは土筆と語る墓参かな

つなぐ手をゆする幼子水温む

開かずの間簾一つで生き返り

炎昼や古き盥の隅の黴

一部屋を脱ぎ散らかして更衣
夏の雨光の束の中にあり

松影を揺らす秋風晶子の碑
立ち話まだ続きいる秋の暮

すがりつく記憶の欠片秋の海

声かける秋の簾の裏にいて

六円の昇給祝う温め酒

訥々と昔話の夜寒かな

一閃ごと闇の深まる冬の雷

月冴ゆるレールばかりの操車場

春立つや色とりどりの傘の中

春寒や自分のために生きている

ほろ酔いの傘は千鳥に花しぐれ

夏の蝶明るく語る片思い

初めてのようにつなぐ手忍冬

叱られて顔一面の大西日

縁とはまか不思議なり女郎蜘蛛

白りんどうご機嫌な日の母に似て

どんぐりや肩いからした昔あり

秋暑しあと三段のはてしなく

石段の斜め半分秋めきぬ

指一本の痛みに負けし今朝の冬

白マスク瞳大きくほほえみぬ

ゆずの湯や握りこぶしをあけてみる

指定席人にとられし冬日向

春暁や音に始まる操車場

春立つやポケットから出る飛行船

顔のしわのばしてみてる春の夜

囀りや記憶の襞が動き出す

pＨは紫陽花の父それとも母

楽しげな愚痴と相づち百日紅

やや寒し背筋伸ばせば誕生日

行く秋を追う内回り外回り
ちゃん付けで呼ばれ今さら秋の暮

くずし字の一つわかりし白露かな

冬の燈の木綿豆腐に揺れており

冬夕焼掌のぬくもりは過去となり

一言に返す無言の初時雨

花冷えや泣き声と来る乳母車

迷い道八重山吹で行き止る

本当は内弁慶の春の月

つらきことばかりでもなし白つつじ

葱坊主生きては行けぬ一人では
一言の不平も言わず花は葉に

次の世は風になりたや更衣

妙齢に声かけられし今朝の秋

一晩を泣いてわめいて野分晴

秋の日や洗濯したての雲一つ

小春日や思い出したり忘れたり
悴みて思い出ひとつまた消ゆる

冬日和鳩かき分ける三輪車

風花や一片ごとのメッセージ

ひらがなの心になりし冬日向
この記憶昨日か今日か春の昼

老若の議論の果てや春の泥

二筋に誰が刷きしか春の雲

椅子ひとつ占領中の夏帽子

夏の月宛名の二字の濡れており

一言が心にしみる秋の空

冬雲の消しては描く墨絵かな

短日や時速五キロのウォーキング

生きざまが顔つくるとや寒鴉

春風やあいつもこいつも皺だらけ

二小節ほどの命や春の雪

ぷるるんと洗顔終えし若葉かな

幼子に指つかまれし立夏かな

風もまた背をかがめおり木下闇
荷一つで引っ越してゆく夏の月

想うこと千々に乱れし秋の雲
雨音の運び来たりし秋の色

岩塩の程よき色や初秋刀魚

しあわせの重みつくづく十三夜

一文字のために墨する白露かな

古暦残しておきたいあの日だけ

なれなれしく吾呼び止める寒鴉

初夢やこの世にｉｆがあるならば

句集　春の泥　畢

あとがき

　私と俳句との出会いは、考の墓参でのレストランの席。母・万亀子が「これ、私が今やってる趣味」と言いながら、バッグから取り出した「花筐」という俳誌をぽんと私に。軽い気持ちでパラパラとめくる。カルチャーショックと同時に知的好奇心が猛烈に刺激され、秘かに、これをやろうと決意。翌年の九州への墓参を契機に作句を開始し、

　　春雨が作る輪模様手水鉢

が処女作となった。

　それから十年が経ち、古稀となった昨年十月のある日、「文學の森」から電話が。この瞬間に母と子の句集の出版が決まり、そしてあっとい

う間に本日が来た。望外の喜びであり、幸せである。

写真が趣味だった私がカメラを十七文字に替え、目の前の感動の一瞬を切り取る快感に酔いながら数年。ふと手にした雑誌に「俳句と虚構」という一文を目にした私は、複雑な気持ちになった。俳句にフィクションがありなのか？　という疑問であった。

その疑問は、関西現代俳句協会総会後の懇親会の席で、当時の会長だった豊田都峰先生の明快な回答で解消した。

「尾家さんの疑問は、虚構の塗膜の厚みがどこまで許されるのかということでしょう？」

その日から、時々、薄い透明皮膜を塗って剝がしての作句を楽しんでいる。この数年は今までの三次元俳句から離れ、時空を含む四次元俳句に挑戦中。

十数年間の私の俳句三昧を支えてくれた「花筐」の日原輝子先生、序文を頂いた吉川千丘先生、句会後に「芭蕉のことば」の講義をして頂いている高橋保博先生、近藤健司、六辻丈夫、久保田佐用子、石本須磨子の各氏に、「現代俳句協会通信句会」の講師・スタッフの皆様に、「俳句界」選者の皆様に、母・万亀子を献身的に支えてくれている介護事業所のスタッフの皆様に、私の妹・美恵子と洋子に、親友達に、職場の仲間達に、深く深く感謝しお礼を申し上げます。

そして、私達親子の句集作成にご尽力頂いた「文學の森」のスタッフの皆様に、心からの感謝を捧げます。

平成二十八年十一月

尾家國昭

著者略歴

藤冨万亀子（ふじとみ・まきこ）

大正十三年、福岡県築上郡（現・豊前市）生れ。築上高等女学校（現・県立青豊高等学校）卒業。六十五歳より俳句の世界に入り、「花筐の会」入会。現在、現代俳句協会・「花筐」会員

尾家國昭（おいえ・くにあき）

昭和二十一年、大分県下毛郡（現・中津市）生れ。昭和四十五年、関西学院大学経済学部卒業。六十歳より俳句を始め、「花筐の会」入会。現在、現代俳句協会・「花筐」「赤楊の木」会員、「頂点」同人

現住所　〒五七二-〇〇五二　大阪府寝屋川市上神田二丁目十七番六号
電　話　〇九〇-三六五八-九二八一

句集　春《はる》の泥《どろ》

平成二十八年十二月二十三日　発行

著　者　藤《ふじ》冨《とみ》万《ま》亀《き》子《こ》
尾《お》家《いえ》國《くに》昭《あき》

発行者　大山基利
発行所　株式会社 文學の森
〒一六九-〇〇七五
東京都新宿区高田馬場二-一-二
田島ビル八階
電　話　〇三-五二九二-九一八八
FAX　〇三-五二九二-九一九九
ホームページ　http://www.bungak.com
装丁者　毛利一枝

落丁・乱丁本はお取替えいたします。

印刷・製本　竹田　登
©Kuniaki Oie 2016
ISBN978-4-86438-611-1 C0092